KB115413

365일 사랑 온도

365일 사랑 온도

발행일   2020년 4월 29일

지은이   박금환
펴낸이   손형국
펴낸곳   (주)북랩
편집인   선일영   **편집**   강대건, 최예은, 최승헌, 김경무, 이예지
디자인   이현수, 한수희, 김민하, 김윤주, 허지혜   **제작**   박기성, 황동현, 구성우, 장홍석
마케팅   김회란, 박진관, 장은별
출판등록 2004. 12. 1(제2012-000051호)
주소   서울시 금천구 가산디지털 1로 168, 우림라이온스밸리 B동 B113, 114호
홈페이지 www.book.co.kr
전화번호 (02)2026-5777   **팩스**   (02)2026-5747

ISBN   979-11-6539-175-1 03810 (종이책)   979-11-6539-176-8 05810 (전자책)

이 도서의 국립중앙도서관 출판예정도서목록(CIP)은 서지정보유통지원시스템 홈페이지(http://seoji.nl.go.kr)와 국가자료
공동목록시스템(http://www.nl.go.kr/kolisnet)에서 이용하실 수 있습니다.
(CIP제어번호: CIP2020016220)

(주)북랩 성공출판의 파트너

북랩 홈페이지와 패밀리 사이트에서 다양한 출판 솔루션을 만나 보세요!

홈페이지 book.co.kr   •   **블로그** blog.naver.com/essaybook   •   **원고모집** book@book.co.kr

몽글몽글 연애 세포를 깨우는 **감 성 포 토 에 세 이**

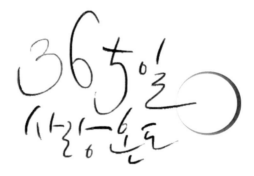

박금환 지음

나의 모든 순간을 분홍빛으로 물들이는 너에게

북랩 book Lab

작가의 말

내게 가장 아름다운 시간
널 보는 시간
내 과거, 내 지금, 내 미래가 되어 줄
너에게

문득문득 떠오르는 기억들
너와 내가 함께한 시간
우리가 공유할 시간

나에게 사랑하는 법과
자존감을 높이는 법을 알려 주고
감정과 계절을 느끼게 해 준
너에게

나의 행복을 찾아 준 사람
나의 존재는 모두 귀하다는 것을 알려 주고
하나밖에 없는 가치 있는 사람으로
존재하게 해 준 너

내가, 우리가 사랑한 시간,
행복했던 순간,
깊이 있게 나와 마주할 수 있는 시간

감성과 감정, 이성이 없어질 만큼
사랑할 사람

너와 내가 모두가 행복했으면 좋겠다.

365일
사랑온도

365일 / 36.5C°
자, 이게 내 마음의 온도야.
네가 전부 가져가도 좋아.
내 하루 치 온도가 쌓이고 쌓여서 일 년이 되었어.
네 하루에 내가 살 수 있어서 고마워.

Contents

PART 1
대전 아쿠아리움

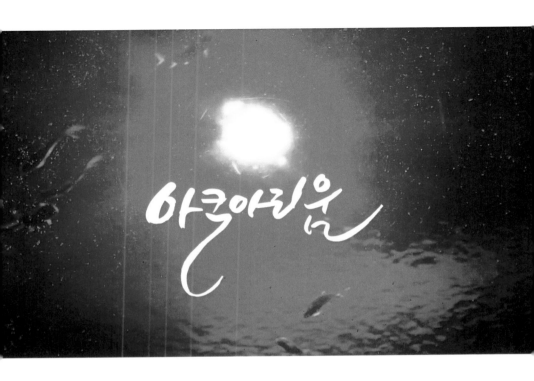

첫 여행

처음은 언제나 새롭고 설렌다.
네가 나에게 그랬다.
언제나 너의 곁에서 잔잔하고
따뜻하게 살아 있기를.
일상이 늘 처음 같기를.

아쿠아리움

아쿠아리움 속 물고기가 되고 싶었다.
너의 물고기가 되어
푸른 빛 사이를 푸득거리며
도시의 숲 사이를 이리저리
가고 싶다는 생각이 들었다.

수많은 사람 중에
무수히 많은 사람 중에
너의 목소리 속에
너의 아쿠아리움에 갇혀
내 삶을 주고 싶었다.

따뜻한 너의 세상 속에서
떠나고 싶지 않았다.

너와 있으면
나의 숨은
숨가쁘게 지내다 보니
빠르게 흘러가는 시간의 강물같이

내가 너의 물고기가 되어
마지막 물음표가 되어 주려 한다.

흔들리지 않고 잔잔히 흘러가길.

Rainbow

누가 뭐레드 널 좋아해.
널 본 지가 얼마나 오렌지.
나랑만 노랑.
블루면 달려갈게.
모초록 잘 부탁하네.
남이 되긴 싫어.
나만 보라고.
네가 좋고 그레이.

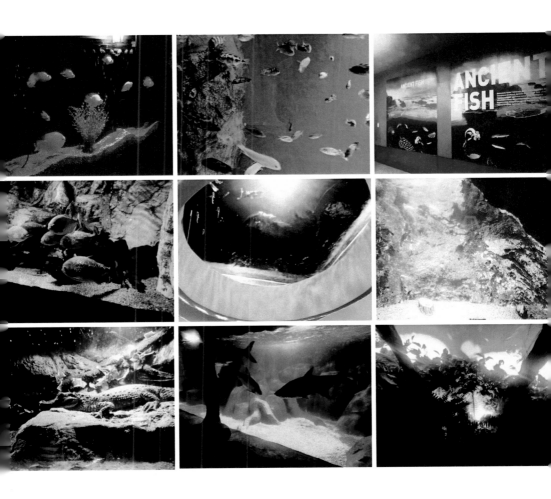

PART 2

장태산 자연휴양림

난 언제나 나무처럼

난 언제나 너의 곁에서 나무처럼
우리 사랑이 단단해져 가는 시간.
우리 사랑이 견고해지는 시간.
가장 행복한 날
사실 내 옆에 나무가 되어 줘서 고맙다고
말해 주고 싶던 날.

나무

사람이 사람을 만나는 일,
어울려서 우리도 살아가자.
잎과 잎 사이에 우리가 보이고
고운 미소가 나의 햇살이듯
험난한 하루 속에 나에게 네가 있듯
우리도 그렇게 살아가자.
내 마음에 깊숙이 내린 너의 뿌리가
썩어 가지 않고 천년을 살 수 있게
작은 벌레가 뿌리를 먹어서 죽는 일이 없게
우리도 그렇게 오래도록 따뜻하자.

PART 3
순천 드라마 세트장

너에게도

너에게도.
지나치는 바람에게도.
온도를 느끼게 해 주는 계절에게도.
날 바라보는 너에게도.
매일 날 웃음 짓게 하는 너에게도.
그리고 내 곁에서 사랑할 수 있는,
사랑해 주는 너에게도.

PART 4

순천만 국가 정원

순천만
국가정원

PART 5
용인 용마랜드

용마랜드

기차를 타고
회전을 하는 목마를 보며
마음이 여며지고
마음이 돌아가는 게….
나는 놀이동산이 아름다운 줄 몰랐다.
너를 알고
나의 놀이동산이 개장하게 되었다.

유리공원

PART 6
선유도 공원

선유도 공원

가을이 오고
바람은 시리다는데
두꺼운 외투를 입고
나는 아름답게 물들어 버렸다.
가을의 낙엽이 물들 때쯤
나는 너에게 물들고 있었고
너를 알게 되고 난 후
따뜻한 가을도 있다는 걸
알게 되었다.

가을을 볼 때면

너를 보고 있을 때면
내 마음에는
가을 햇살을 보고 있을 때처럼
따뜻함이 몰려온다.

너를 사랑하였기 때문에
나의 마음은 뜨거운 여름을 지나
이제 나는 갈대가 되어 너에게로 갈 수 있다.

너를 사랑할 때의
눈만 바라보아도
행복한 낙엽이 되어
너에게 쓸려 가고 싶다.

지금 너를 사랑하는 내 마음은
가을 햇살을 바라보는 따뜻함이다.

가을에 너에게 쓰는 편지

좋아한다고 쓰다가
좋아하는 마음이 커서
사랑한다고 쓰다가
다시 쓰고

끝내 뭐라 할지 몰라
한참을 망설이다
표현을 못했습니다.
글로 사랑을 표현할 수가 없어서요.

내 마음에도
단풍이 물들어
바삭바삭
걸어 봅니다.

그렇게 너의 마음에도
저의 낙엽이 떨어졌으면 좋겠습니다.
가을 편지 하나 강물에 띄워 보냅니다.

밤마다 너를 생각하며
물든 단풍을 바라보며
가을 너에게 편지 하나
나무 하나 심어 봅니다.

PART 7
하늘공원

하늘공원

하늘이 푸르게 칠해질 때
갈대가 휘날리고
내 마음도 휘날리고
갈대처럼 너와 함께 휘날리고 싶었다.
가을이 준 선물은
네가 나에게 준 선물이었다.

요동치는 갈대에서

나는 너의 우산이 되어 주고 싶었다.

너의 그늘이 되어
오직 너를 위해 살아야 한다고
바람이 말해 줬다.

너를 위해서라면 쓰러질 수 없다고
차가운 바람이 말해 줬다.

나는 너를 위해 살아 있음을 느낀다.

낙엽은 썩어서 땅의 양분이 되고
나는 죽어서 너에게로 가고

너를 사랑하지 않는 일은
죽음보다 슬픈 일
네가 없는 곳에 있는 건
사막 위를 걷는 일
지평선이 보이지 않는 일이다.

나는 오늘도
낙엽 앞에 서서
너를 생각한다.

오아시스의 물처럼
너는 나의 천국이라 말하고 싶었다.

두더지가 말해 줬어

———

두더지가 그랬는데,
하나님은 소원을 들어주신대.
내 소원도 꼭 들어주실 거야.
너와 평생을 보내는 일.

너는 이미 아름다운 사람

너와 나의 사랑은
늘 한결같이 흘러갔으면 좋겠습니다.

20대, 30대, 40대
한결같이 흘러갔으면 좋겠습니다.

너와 나의 사랑은
늘 한결같이 흘러갔으면 좋겠습니다.

늘 좋을 수는 없지만 늘 좋을 수 있게
늘 기쁠 수는 없지만 늘 슬프지는 않게
서로를 마주보며 사랑할 수
있었으면 좋겠습니다.

크리스마스에도
트리를 같이 만들면서
흘러갔으면 좋겠습니다.

내가 세상 사는 동안
너 하나만 바라보았으면 좋겠습니다.
뜨겁지는 않아도 잔잔하게
오래도록 보고 싶습니다.

얼굴은 변해도
사랑은 변하지 않는
그런 변함 없는 사랑을 하고 싶습니다.
너와 나의 사랑은
그렇게 흘러갔으면 좋겠습니다.

PART 8
에버랜드

환상의나라
에버랜드

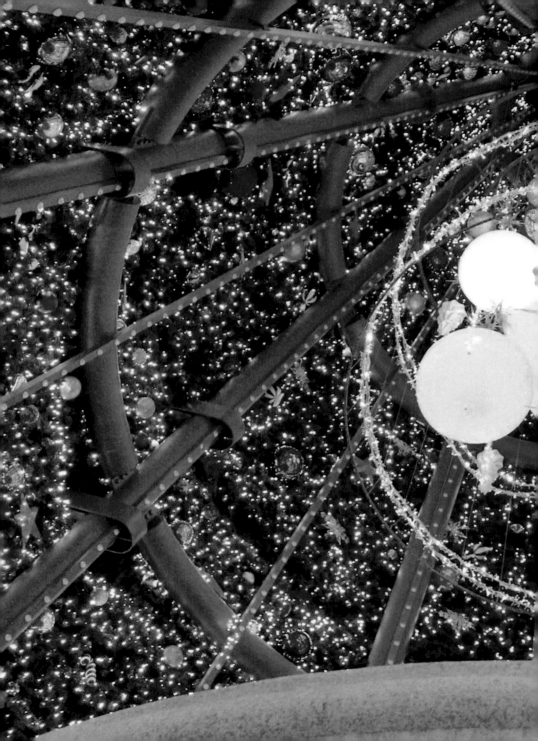

PART 9

마음이 따뜻한 겨울나기

마음만은 따뜻한
우리의 겨울나기

겨울나기

낙엽이 다 떨어진 가지를 보면 겨울이 왔음을 느낍니다.
겨울을 나는 나무들이 시려 보입니다.

이제는 꽃 한 송이 남지 않고
이 겨울, 우리에게는 시린 바람이 남아 있습니다.
그 바람 속에서도 우리였으면 좋겠습니다.
새하얀 너의 마음이 빛나는 시간이었습니다.
영원히 하얀 너의 마음을 지켜주고 싶습니다.

겨울에도 너를 사랑한다

눈꽃처럼 너에게 가고 싶다.
어느새 오는 너에게
언제나 나에게 오는 너에게

네 하얀 마음 속에 뛰어들어
따스한 겨울이 되고 싶다.
나는 겨울이 이렇게 따뜻한 계절인지
몰랐다.

너를 만나서 겨울이 좋아졌다.
너로 인해서 좋아진 게 많다.
앞으로도 좋아하는 게 많아질 것 같다.
아무것도 좋아하는 게 없던 나에게
좋아할 수 있는 일을 만들어 줘서
고맙다.

발자국

눈이 온 다음 날,
새하얀 눈길에 내 발자국이 남을 때
내 발자국 뒤로 따라오는 너를 볼 때

내 마음은 녹아 내린다.
내 마음이 녹은 곳에는 항상 네가 있었다.

그렇게 내 발자국은 네 것이 되었다.

눈사람

하얗게 피어난 꽃들이 모여
눈사람이 되었다.

너의 어여쁜 손이
너의 따뜻한 마음이

이리저리 방황하던
내 손을 잡고
눈꽃들이 피어날 때

나 그리고 너는
녹았다.

겨울에 당신에게 쓰는 편지

제가 계단이 되어 드릴게요.
올라가야 한다면 말해 주세요.

계단을 만들어서라도
올라가게 해 드릴게요.
얼음은 차갑지만
그 속은 따뜻합니다.

당신에게 저도 그러합니다.
차가워 보여도
당신에게는 따뜻한 사람입니다.

제 마음속의 당신은
따뜻한 사람입니다.

PART 10
전주 한옥 마을

전주 한옥 마을

구름 따라 바람 따라 도착해 보니
당신에게 도착했습니다.
저의 정착지입니다.

전주

맞잡은 두 손이
하나가 되는 일.

시대를 걷는 일.
내가 너를 걷는 일.

상처받으면 치료해 줄 수 있는 곳.
한복으로 감싸주는 곳.

화려한 장식에 눈이 빛나는 곳.
너의 눈이 빛날 수 있게
반짝이게 귀걸이 달아 줄게.

첫 단추

우리의 단추를 맞춥니다.
있어야 할 곳에 제대로 맞춥니다.
나의 손으로 맞출 겁니다.
웃고 있는 고운 너의 미소.

지금이라는 옷 위에
나는 하트 모양의 단추를
달아 볼까 합니다.

단추를 달듯 나는 너에게
단추가 되고 싶습니다.
떨어져도 다시 붙일 수 있는 단추가
되고 싶습니다.

이곳이 제 자리입니다.
내 단추를 너에게 선물해 볼까 합니다.
단추를 달고 나니
제자리에 들어간 것 같습니다.

멀리 있던 행복이
가까이 웃고 있습니다.

어찌 그리 예쁘신 겁니까

어찌 그리 예쁘신 겁니까.
제 심장은 누가 책임져 줍니까.

PART 11
무주 덕유산 리조트

무주 덕유산 스키장

미끄러지듯 너에게 가고 싶다.
머뭇거리지 않고 서성대지 않고
너에게 가고 싶다.

사소한 일, 가장 큰일

내가 가장 먼저 하는 일
보드 타기 전에 눈 터는 일
아주 사소한 일
가장 큰일

보드 틈에 눈이 끼었는데 그냥 탔어.
나중에 발에 동상이 걸려서
신발을 벗어야 했는데
눈을 털지 않아서
눈이 얼어 버렸더라.
신발을 못 벗어서

나는 발을 한쪽 잃을 뻔했어.
가장 사소한 일이
가장 큰일이라고 생각해.

나에게 가장 사소한 일은
너의 마음에 신경 써 주는 일.
내게 가장 사소한 일이야.

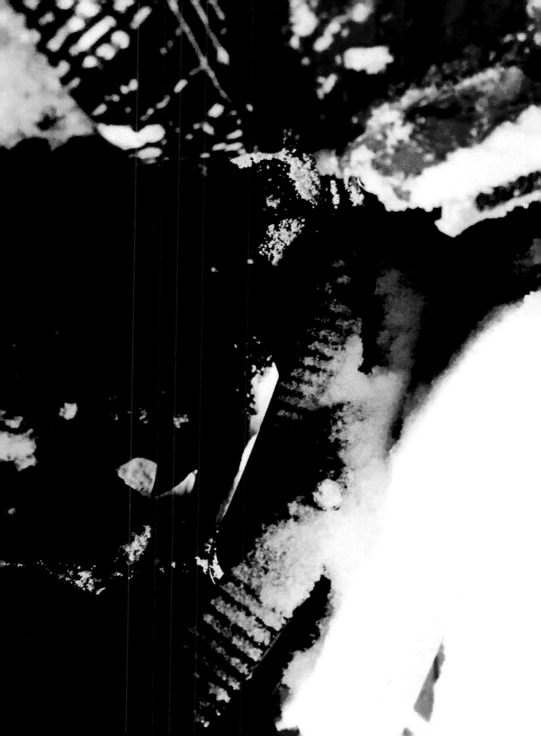

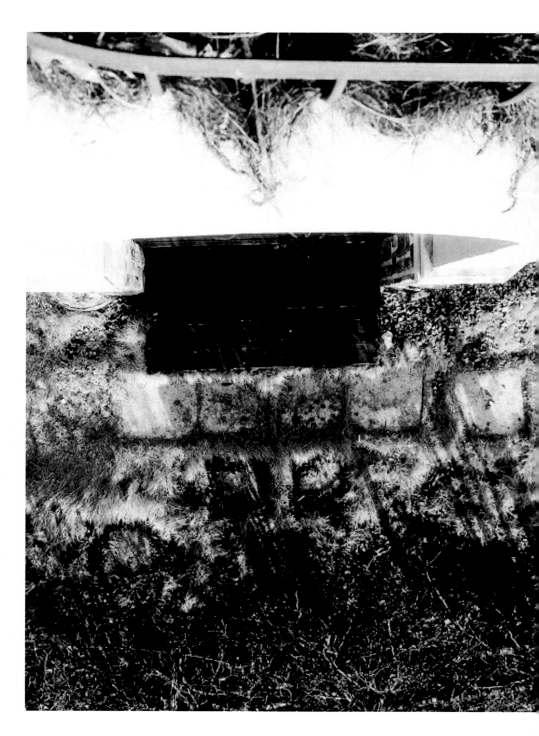

겨울 아침

너와의 겨울 아침은
따뜻했습니다.

아주 많이 빛나는 순간이었습니다.
눈 아프게 햇빛을 보고 있다가
설레는 눈을 보았습니다.

눈이 내리면
나는 너의 눈을 봅니다.
그 눈에는 우주가 담겨 있었습니다.

눈이 쌓이면
우리 추억이 쌓이고
나의 계절이 쌓였습니다.
너의 눈동자를 잊지 못할 것 같습니다.

마음에도 깊이 서려 있습니다.

PART 12

춘천 산토리니

춘천여행
-산토리니-

춘천 산토리니

춘천은 닭갈비지!
소주 한잔에 닭갈비 먹으러 갔던 곳

행복

나는 행복한 사람입니다.
당신을 가졌으니까요.

행복한 사람이 있습니다.
당신의 영혼을
가진 사람이 있습니다.
그게 저입니다.

행복은 어디 있다고 생각하세요?

멀리 있지 않습니다.
내 앞에 내 사랑하는 곳이 행복입니다.
마음이 병들면 나는 죽은 사람입니다.

행복을 지키게 해 줘서 감사합니다.

당신 하나 가진 것만으로도 행복해지는 저는
그저 당신을 사랑할 뿐입니다.

행복을 찾기 위해 헤매지 않고
당신을 찾게 해 줘서 감사합니다.

나보다도 먼저
당신을 생각한다면
저는 그걸 사랑이라고 쓰고
행복이라고 부를 겁니다.

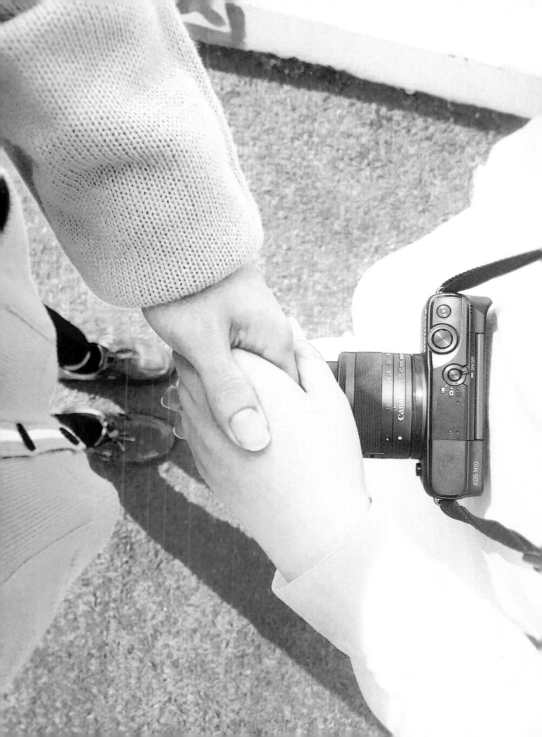

당신의 사진을 담아 보세요

사진

시선이 머문 곳
머물러 있는
모습을 담을 수 있는 곳

나의 표정을 담을 수 있는 곳

PART 13
춘천 김유정역

김유정역

이 따뜻합니다.
꿈이라면 깨지 않게 해 주세요.
잠에서 깨어났더니 꿈이 아니었습니다.

이 행복이 깨지지 않길 바랄 뿐입니다.

종소리

오래된 쇳덩이에서 파동이 퍼져서 간다.
저 소리가 나에게 닿는다.
당신의 소리도 나에게 파동이 되어 휘몰아친다.
그 소리는 맑고 깊은 소리였다.

수많은 소리 중에 당신의 소리를 들을 수 있었다.

꽃들은 붉은빛을 띠며 더욱 뜨거워지는 듯하다.
짖어 우는 새들의 파동이 나에게 닿고 있다.
노을에 눈시울이 붉어지는 것이 느껴진다.
파동의 소리가 내 안에 울려퍼진다.

종소리처럼 내 마음에 울려퍼질 당신은
나의 종소리다.
괜찮다, 괜찮다고 나에게 말해 준다.

주전자

물이 끓는 온도 100℃
사랑이 적당한 온도 36.5℃

하얀 김이 내뿜는 소리와
부글부글 끓는 소리
하얀 연기야, 높이높이 날아가거라.

좋아하는 것을 할 때
시간이 빠르게 갈 때
내가 너와 함께 있을 때

현실에서의 고통이
너를 보면 달콤해져.

꽃도 고통을 견디고
피어난다는 것을 잊을 수 있을 때

주전자의 물이 끓을 때
주전자에서 하얀 김이 날아갈 때

흰 김을 바라볼 때
고통을 잊고 살 수 있게 해 준 너

연기처럼 사라지지 않기를 바라 본다.

공기의 파장 속에서
환상이 상실이 되지 않도록 해 주길.

연기가 연기일 때
사랑이 사랑일 때

주전자 뚜껑을 열어 보지 않아도
알 수 있도록

보이지 않아도
나는 너를 볼 수 있기를 바란다.

우편

사랑하는 것이
사랑을 받는 것보다
행복하다는 것을 알게 해 줬죠.

오늘도 내일 있을 너에게
우편을 보내 봅니다.
그곳에서는 네게 닿기를 바라는 마음으로
너에게 편지를 씁니다.

PART 14
춘천 소양강 스카이 워크

소양강 스카이 워크

길가의 다리만 건너도
행복했던 날
어떤 것을 보아도 당신을 생각할 수 있던 날
저는 그날들을 기억합니다.
당신도 저를 기억합니다.
당신의 입술에 취해 내 머리를 기댄 날
잔잔한 강과 붉은 노을과 시간을 보내는 게,
함께인 게 참 좋았습니다.

오리배

흐르는 물결은
먼저 간다고 해서
먼저 가지 않는다고 해서
멈추지 않는다.

뒤처져 있다고 불안해하지 않는다.
앞서 있다고 자랑하지 않는다.
우리도 애탈 것 없다.
별 탈 없이 가고 싶다면
서두르면 안 되는 걸 안다.

낯선 물결이 몰아치면
몰아치는 대로 흘러간다.
내가 너를 만나고
밤꽃 향기도 만난다.
많은 것을 만나게 해 줘 고맙다.

한결같이 흐르길 바라 본다.

다리

혼자서 거닐다
함께 걸어서 좋았다.

다리가 이어지듯
우리가 이어졌다.

항상 그렇게 이어지길
바란다.

PART 15

진해 군항제 벚꽃 축제

봄

항상 예쁘다.
늘 그래 왔다.
오늘도 그렇다.

봄은 사랑이다.
나에게 사랑은 너다.
너는 나의 봄이다.

봄소식

봄 향기가 나면 그대가 떠오릅니다.
그대가 오려나 보다 생각합니다.

흩날리는 금빛 벚꽃에
향수가 찾아옵니다.

소리 없이 찾아오는 향수
저는 그 향기 만질 수 있습니다.

봄바람에
그대의 숨결, 그대의 향기가
기억납니다.
살내음 젖은 봄 향기가

네게로
내게로 옵니다.

봄날의 추억

시린 겨울이 가면
따뜻한 봄이 온다는 것을
알게 되었습니다.

봄이 오면
잎새 벚꽃이 핀다는 것을
알게 되었습니다.

벚꽃이 피면
그대가 생각이 난다는 것을
알게 되었습니다.

나, 너를 알게 됨으로써
많은 것을 알게 되었습니다.

눈이 부시게 분홍분홍한 봄의 어느 날

그 꽃은 당신의 것입니다.

PART 16
봄날, 벗꽃 그리고 설렘

봄날, 벚꽃 그리고 설렘

당신이 내게로 오는 일은
봄이 내게 오는 일과 같은 일
당신을 위해 있는 계절이 아닐까 싶습니다.

내가 기다리는 당신은
내가 봄을 기다리는
설렘입니다.

당신이 원하는 봄날을
듬뿍 만지기 위해 생긴 것입니다.

내가 당신으로 설레는 이유는
봄보다 예쁜 당신을 볼 수 있기 때문입니다.

당신에게 좋은 것만 보여 주고 싶어서
당신에게 포근한 온기를 전해 주고 싶어서
당신에게 향기로운 냄새를 맡게 해 주고 싶어서

내 사랑이 당신에게 닿기를 바라기 때문입니다.

난 당신을 많이 사랑하니까
나보다 당신을 더 많이
사랑하니까.

다 담아 주고 싶습니다.

너를 보다

———

'봄을 본다'라고 쓰고
'너를 본다'라고 읽는다.

내 마음의 꽃이
환한 벚꽃 냄새를 보고
하늘하늘하게 아침을 맞이하게

너를 바라보니,
설레는 마음에
내 발걸음의 끝이 너인 걸 보니,
나의 봄은 너라는 사실을 알게 되었다.

PART 17

벚꽃 엔딩

벚꽃 엔딩

너와의 봄은 끝나지 않았으면 해.
몇 번의 엔딩도 지겹지 않을 나의 봄아.

나는 늘 너를 기다려.
기다리는 나는
기다리는 일이
즐거운 일인지 몰랐어.

그렇게 보낸 너와의 봄이
나를 그렇게 만들었나 봄.
그래서 내가 너를 봄.
그래서 내가 너를 좋아하나 봄.

다른 봄

이 봄이 지나도
다른 봄이 항상 곁에 있구나.

PART 18
선잠

선잠

봄이 지나고 새싹이 피어날 때
골목골목 푸르딩딩한 빛들이
내게 안겨 올 때

나는 그대의 무릎에 기대어
선잠을 자고 싶다.
함께 갈 수만 있다면
나 어떠한 것도 견딜 수 있을 것 같다.

그렇게 그대의 무릎에서 깨어
나는 일어설 수 있을 것 같다.
그대의 향기가 잊혀 간대도
나는 그때의 향기를 기억한다.

나 그대의 향기가 되리.

PART 19
올림픽 공원

너만큼

봄이 예쁜 것도
여름이 예쁜 것도
가을이 예쁜 것도
겨울이 예쁜 것도 아니었어.
그냥 너라는 존재가 예뻤어.

PART 20
나 홀로 나무

초록색

하늘도 초록초록
바다도 초록초록
산의 나무들은 초록초록
여름은 초록초록이 좋은가 봐.

초록색은
사람의 눈에 안정감을 주는 색이야.
우리도 안정되는 색이야.
너랑 초록색을 보고 있으면
그게 최고의 안정제야.

이 세상은 안정해져 있어.
근데 너랑 있으면 안정해져.

구름 사이에서

오늘 하루도 구름이 흘러가서
나도 구름처럼 흘러가서
너에게 흘러가나 보다.

구름아, 나도 같이 따라갈게.

하늘 계단

하늘에도 계단이 있었으면 좋겠다.
그럼 너를 볼 수 있을 텐데.
천사가 있다는 사실을
너를 보고 알았어.

그때 나는
그때 너에게서
날개를 보았어.

두 계단

두 계단, 두 계단
넘어지지 않으려
하나씩, 하나씩
올라가야지.

한 계단

한 계단, 한 계단
나의 한계를 시험하는 듯

PART 21
석촌호수

129

석촌호수

나의 추억이,
너의 추억이 깃든 곳

백조 한 마리가 떠 있기에
너 왜 저기 있냐고 물어봤어.
너는 언제나 그냥 웃더라.
나는 그 웃음이 좋았어.
너의 행복이 나의 행복이었으니까.

너의 행복이 나의 행복이 될 때
그만큼 행복한 게 없더라.

달콤함을 표현해 보세요

5월 어느 날

꽃이 예뻐서,
너도 보면 좋을 것 같아서.

PART 22

중리 달빛 야시장

달빛

너의 그림자가 되어 줄게.
너는 빛나고만 있어 줘.

PART 23
부산역

PART 24

국제시장

바라는 것

먼 곳에서도
사랑할 수 있기를
내가 먼저 가더라도
사랑할 수 있기를
내가 없어도 행복하기를
그게 사랑이라는 걸.

온화하기를.

보이지 않는 것이 소중해

지금이 소중한 것은
우리의 사랑을 추억하기 위해
애쓴 시간 덕분이야.
가장 중요한 것은
눈에 보이지 않는 법이니까.

장미

장미는 아름다워.
내가 가지고 싶어.
나의 장미는 너야.
장미는 나에게 아주 소중해.

네가 나에게 의미가 있는 건
내가 너에게 들인 시간이 좋아서야.

나는 너에게 평생을 들일 거야.
내 장미가 되어 줘서 고마워.

PART 25
감천 문화 마을

기적

내가 좋아하는 사람이
나를 좋아해 주는 건 기적이야.

너는 나에게 하나뿐인 존재이고
나도 너에게 하나뿐인 존재가 될 거야.

보이지 않아도 너를 사랑할 거야.

어린 왕자 1

"저길 봐. 저기 밀밭이 보이지? 난 빵을 먹지 않아. 밀은 나한테 아무 소용이 없어. 밀밭을 보아도 머리에 떠오르는 게 아무것도 없거든. 그건 서글픈 일이지. 하지만 너는 금빛 머리카락을 가졌어. 그러니 네가 나를 길들인다면 멋질 거야. 금빛으로 무르익은 밀을 보면 네 생각이 날 테니까. 그럼 난 밀밭을 지나가는 바람소리도 사랑하게 될 거야."

열기구

내 마음이
오르락내리락
마음이 너에게
오르락내리락
너 하나로 내 기분은
하루 종일 둥실둥실
하루 종일 오르락내리락

이제 가 봐. 내려가고 싶어.

PART 26
감천 문화 마을 등대

나만의 빛

"수천, 수백만 개의 별들 중에서
하나밖에 없는 어떤 꽃을 사랑하고 있는 사람이 있다면
그 사람은 그 별들을 바라보는 것만으로도 행복할 거야."

어려운 일

"세상에서 가장 어려운 일은
사람이 사람의 마음을 얻는 일이란다."

어린 왕자 2

"언제나 같은 시각에 오는 게 더 좋을 거야."
여우가 말했다.
"이를테면, 네가 오후 네 시에 온다면 난 세 시부터 행복해지기 시작할 거야. 시간이 갈수록 난 점점 더 행복해지겠지. 네 시에는 흥분해서 안절부절 못할 거야. 그래서 행복이 얼마나 값진 것인가 알게 되겠지!"

PART 27
부산 해운대

바다가 아름다운 이유

"바다가 아름다운 이유는
지평선 너머를 보지 못해서야.

보이지 않는 곳을 꿈꿀 수 있거든.
너를 만나고 항상 꿈속에서 살아."

당연한 일

파도가 바다의 당연한 일이라면
너를 생각하는 건 나의 당연한 일이었다.

나는 사랑에 대해 잘 모르지만
네가 먼저 생각나는 일이 많아지고
너를 먼저 챙기는 일이 사랑이라면
나는 너를 '사랑'이라고 부를게.

PART 28
더비히 101

더베이 101

오늘 밤의 주인공은 너와 나의 시간이야.
화려한 조명 빛에서 우리가 마주할 시간이야.
그렇게 오늘도 내일도 어제도 너와 마주하고 싶어.

수려한 조명 아래에서 너를 보고 있으면
나는 여기서 시간이 멈춰도 좋아.
너와 영원한 사랑을 하고 싶어.
그게 너라서 행복해.

사랑하는 너에게

너는 나의 계절

나는 사랑합니다.
너와 보낸 사계절이 좋았습니다.
사계절의 냄새들을 기억합니다.
내 옆에 있는 너를 기억합니다.

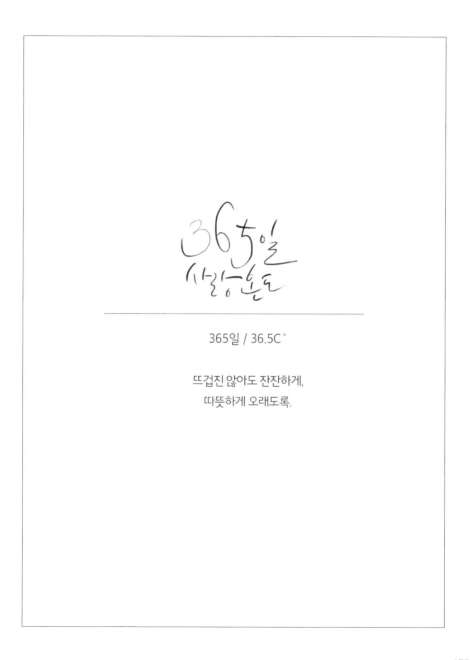

365일 / 36.5C˚

뜨겁진 않아도 잔잔하게,
따뜻하게 오래도록.